LE RETOUR

DE

LA PAIX.

LE RETOUR

DE

LA PAIX,

POEME.

Par M. *DE LA* P***

A PARIS,

Chez SEBASTIEN JORRY, Imprimeur-
Libraire, Quai des Augustins, près le Pont
Saint Michel, aux Cigognes.

M. DCC. XLVIII.

Avec Approbation & Permission.

LE RETOUR
DE LA PAIX,
POEME.

Par M. de la P * * *

Ous ses noires vapeurs le soufle de
la Guerre,
De l'un à l'autre Pole enveloppant
la Terre,
Faisoit de ce séjour un théâtre d'horreur,
Quand la Paix, triste objet de sa longue fureur,
Après avoir erré de contrée en contrée,
Sans pouvoir y fixer de demeure assurée,

A iij

Elevant tout à coup ſes regards vers les Cieux,
Adreſſa ce diſcours au Souverain des Dieux.

Maître de l'Univers ! mon pere, par quel crime
Ai-je pû mériter le deſtin qui m'opprime ?
Pourquoi, fille du Ciel, errante & ſans ſecours,
Dans un trouble éternel vois-je couler mes jours ?
En vain pour m'aſſurer un état plus tranquille,
Sur la terre & les mers je cherche quelqu'azile ;
Partout où ſont portés mes timides regards,
De mes fiers Oppreſſeurs je vois les étendarts.
Partout, de leurs complots victime déplorable,
Je vois de mes malheurs l'empreinte redoutable.
Ici, des flots de ſang coulant à gros bouillons,
Des champs mal cultivés inondent les ſillons.
Là, miniſtres cruels de la haine des Princes,
De barbares ſoldats infeſtent les Provinces.
Le Batave, l'Anglois, l'Ibére, le Germain,
Le François, le Saxon ; tous les Peuples enfin
Contre moi tour à tour exerçant leur courage,
J'eſſuye à chaque inſtant quelque nouvel outrage.
Mes Autels ſont détruits, mon culte eſt abhorré ;
Au Dieu de la terreur mon temple eſt conſacré !

O vous maître abſolu de la Terre & de l'Onde !
Vous qui d'un ſeul clin d'œil pouvez calmer le
    monde,
Mon pere, des mortels appaiſez le courroux ;
Ou daignez pour toujours me rappeller vers vous.

    Elle dit : ô ma fille ! éloigne ces allarmes,
Lui répond Jupiter, j'ai vû couler tes larmes.
J'en ai connu l'objet ; mais l'ordre des Deſtins,
Pour punir les forfaits des coupables humains,
Du fleau de la guerre armant mon bras terrible,
Mon cœur à tes douleurs devoit être inſenſible.
Ces deſtins aujourd'hui favoriſent tes vœux.
Régne, que ſous tes loix le monde ſoit heureux.
Telle eſt, aimable Paix, ma volonté ſuprême.
A la Cour de LOUIS va l'annoncer toi-même :
Pars, vole : j'ai fléchi les Sujets & le Roi :
Leur cœur à ce moment ne deſire que toi.

    Ce qu'eſt aux tendres fleurs une douce roſée,
Qui tombant ſur le ſein de la Terre embraſée,
Leur rend cette vigueur & ce beau coloris,
Que les feux du Soleil avoient preſque flétris,

A iiij

La Paix, à ce difcours, le peint fur fon vifage;
Pour hâter ce bonheur que le Ciel lui préfage,
Et dont, avec les Dieux, LOUIS eft le garant,
Vers la Cour du Monarque elle vole à l'inftant.

Non loin de cette Ville, ornement de la France,
Qui d'un fils de Priam a tiré fa naiffance;
Et qui voit dans fon fein couler tous les tréfors,
Que les flots de la Seine apportent fur fes bords;
Il eft un édifice, où, malgré la nature,
L'Art déployant partout fa plus belle parure,
Sous un magique effort retient l'œil enchanté:
C'eft du Roi des François le féjour refpecté.
C'eft là que fur un Trône environné de gloire,
Tout couvert de l'éclat que donne la victoire,
Des Princes de l'Europe il fonde les projets,
Et veille fans relâche au bien de fes Sujets.
Ami de la douceur, comme Dieu de la guerre,
Lorfqu'il n'a plus befoin que d'un coup de ton-
nerre,
Pour réduire aux abois fes plus fiers Ennemis,
Il veut, en pardonnant, s'en faire des amis.

La Paix s'offre à ſes yeux : à l'aſpect de l'Egide
Qui couvre encor le front du Héros intrépide,
Son viſage pâlit ; mais bientôt dans ſon cœur
La bonté du Monarque étouffant la frayeur,
Enfin, GRAND ROI, dit-elle, un deſtin favorable
Me permet d'eſperer ce calme déſirable,
Que j'ai vû trop longtems banni de ces climats.
O jour trois fois heureux ! je ne m'abuſois pas,
Lorſque ſur ton berceau ma tendreſſe attentive,
Jettant à pleines mains & le myrte & l'olive,
Je me flatois qu'un jour ton cœur reconnoiſſant
Rendroit dans tes Etats mon régne floriſſant.
Que les autres Mortels, avides de carnage
S'arment..... Elle vouloit en dire davantage :
LOUIS la reconnut : bannis ces noirs ſoucis
Lui dit-il, à tes loix tout doit être ſoumis.
O Paix ! reçois l'encens qu'on offroit à Bellone.
Triomphe, je le veux ; & Jupiter l'ordonne.
Il dit, & dans l'inſtant, par-tout où la fureur
Inſpiroit le carnage, ou ſemoit la terreur.
Du retour de la Paix la nouvelle eſt portée.

   Comme on voit quelquefois, quand l'onde eſt
      agitée

La voix du Dieu des mers, s'étendant fur les flots
Applanir à son gré la furface des eaux ;
Tel ce retour flateur, dont Louis eft l'oracle ;
Dans l'Europe troublée annoncé fans obftacle,
Des Peuples conjurés appaife les débats :
A la voix de Louis qui n'obéïroit pas ?

Déja la terre prend une face nouvelle ;
Tout parle de la Paix, on la cherche, on l'appelle.
On déplore ce tems de tumulte & d'effroi,
Où l'on vit les humains méconnoître fa loi.
Déja le défefpoir, la fraude, la cabale,
Le meurtre, l'intérêt, la vengeance fatale,
Tous ces monftres enfin, qui vomis des enfers,
De leur foufle empefté corrompoient l'Univers,
Précipitent leurs pas vers la nuit du tartare.
En vain, pour quelque tems, la difcorde barbare
De l'Aurore naiffante offufque la clarté.
Le jout brille : elle rentre en fon obfcurité.

Peuples, par des concerts & des cris d'alle-
grefle,
Célébrez le retour de l'aimable Déeffe.

Relevez ſes autels , rendez-lui ſes honneurs ;

Et goutez à l'envi le prix de ſes faveurs.

O vous , jeunes beautés ! qu'un nœud rempli de
  charmes

Attache à des Guerriers , objet de vos allarmes,

Des myrtes de Vénus , parez vous en ce jour :

Le régne de la Paix eſt celui de l'Amour.

Famille déſolée ! Epouſe gémiſſante,

Et vous fille craintive, & vous mere tremblante,

Vous que le ſort d'un fils , d'un pere, ou d'un
  époux,

Sous les ordres de Mars retenus loin de vous,

Touchoit d'une douleur auſſi juſte que tendre,

Ceſſez de ſoupirer : la Paix va vous les rendre.

Vous tous qui par état , par honneur , ou par
  choix

Des fureurs de la Guerre avez ſenti le poids,

Vous , humbles Laboureurs, & vous, race intrépide,

Du trone de vos Rois appui ferme & ſolide ,

Héros, reprenez tous dans les bras de la Paix

Ce calme que loin d'elle on ne trouva jamais.

Me trompé-je ! quel jour ! quelle brillante
image !
L'avenir à mes yeux se montre sans nuage.
Je vois, dans la splendeur d'un ciel calme & serain ,
L'âge d'or succeder à ce siecle d'airain.
Le goût, la liberté , la décence, les graces
Viennent avec la paix , ou volent sur ses traces.
Le glaive de Themis étonne les méchants ,
Les épics de Cerès embelliffent les champs.
Le Commerce renaît : dans leur courfe féconde ,
Les Vaiffeaux s'élançant de l'un à l'autre Monde
Tranfportent avec eux ces utiles Tréfors ,
Qu'une crainte commune arrêtoit fur les Ports.
O triomphe ! ô bonheur ! par fa douce influence,
La Paix , dans tous les lieux , ramene l'abondance
Réveille les efprits , excite les beaux Arts.
La France plus que tous attire fes regards.

Là, fous l'amas pompeux des palmes entaffées ,
Foulant le fang impur des Hydres terraffées
Des danfes , des feftins , des plaifirs innocens ,
Elle offre à chaque pas les charmes renaiffans.

À sa voix les zéphirs folâtrent dans nos plaines,
Les aquilons fougueux retiennent leurs haleines ;
Le Laboureur tranquille , avec des yeux charmés
Voit croître , pour lui seul , les grains qu'il a semés.
Tout revit : le soldat , sous le pampre & le liere,
Dépouillant les transports de son ame guerriere,
Trace, le verre en main , les Siéges , les Combats,
Où nos braves François ont signalé leur bras.
Là , dit-il , est l'Escaut: ici, dans cette plaine
Soldat impétueux , & prudent Capitaine,
Maurice combattant sous les yeux de son Roi,
Fait voler devant lui le carnage & l'effroi.
Tel, lorsque Jupiter veut foudroyer la terre,
L'Aigle qu'il a chargé du soin de son tonnerre,
Portant de toutes parts ses redoutables coups,
Fait connoître le Dieu dont il sert le courroux.

O Grand Roy, c'est ainsi qu'un peuple qui t'adore,
Comblé de tous les biens que la Paix fait éclore,
Se plaît à célébrer la douceur de tes Loix.
Pour lui, bornant le cours de tes brillants exploits,
Faisant de son bonheur, ton bonheur & ta gloire,
Tu lui donnes la Paix au sein de la Victoire.

Pourſuis, montre toujours à l'Univers calmé;

Dans L O U I S triomphant L O U I S le Bien-aimé.

Lû & approuvé, ce 5. Juin 1748. CREBILLON.

Vû l'approbation, permis d'imprimer ce 6 Juin 1748.
BERRYER.

Regiſtré ſur le Livre de la Communauté des Libraires &
Imprimeurs de Paris, No. 3245. conformément aux Régle-
mens, & notament à l'Arrêt du Conſeil du 10 Juillet 1745.
A Paris, le 6. Juin 1748.

Signé, G. CAVELIER, *Syndic.*